INSTITUT DE FRANCE.

# LE
# DÉTACHEMENT DE LA PATRIE

PAR M. EDMOND LE BLANT

DE L'ACADÉMIE DES INSCRIPTIONS ET BELLES-LETTRES

Lu dans la séance publique annuelle des cinq Académies,
le vendredi 25 octobre 1872.

PARIS

TYPOGRAPHIE DE FIRMIN DIDOT FRÈRES, FILS ET Cⁱᵉ

IMPRIMEURS DE L'INSTITUT DE FRANCE, RUE JACOB, 56

M DCCC LXXII

# LE
# DÉTACHEMENT DE LA PATRIE

## PAR M. EDMOND LE BLANT
DE L'ACADÉMIE DES INSCRIPTIONS ET BELLES-LETTRES

Lu dans la séance publique annuelle des cinq Académies,
le vendredi 25 octobre 1872.

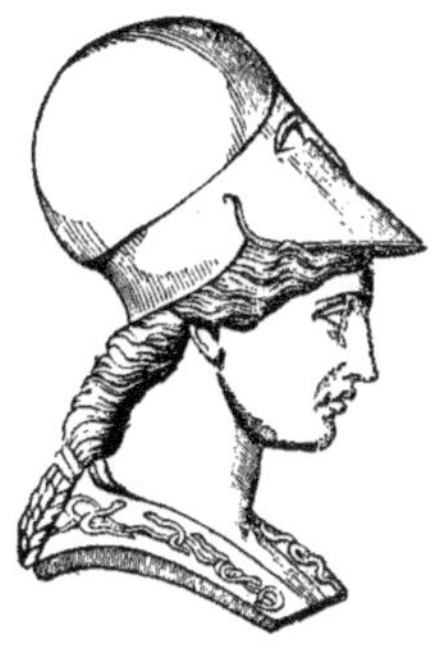

## PARIS
TYPOGRAPHIE DE FIRMIN DIDOT FRÈRES, FILS ET Cⁱᵉ
IMPRIMEURS DE L'INSTITUT DE FRANCE, RUE JACOB, 56
M DCCC LXXII

# LE

# DÉTACHEMENT DE LA PATRIE

## PAR M. EDMOND LE BLANT

DE L'ACADÉMIE DES INSCRIPTIONS ET BELLES-LETTRES

Lu dans la séance publique annuelle des cinq Académies,
le vendredi 25 octobre 1872.

Dans le grand mouvement des idées qui marqua la fin du XVIII<sup>e</sup> siècle, au milieu des troubles immenses de notre révolution sociale, une doctrine déjà bien ancienne, mais redevenue alors neuve, tant elle était oubliée, fut tout d'un coup proclamée en France. Un Allemand, voyageur philosophe, Jean-Baptiste Clootz, se faisant, disait-il, l'orateur, le champion, l'ambassadeur du genre humain, répétait que le monde est notre patrie commune, que tous les peuples sont appelés à former une famille de frères.

L'instinct des nationalités ne devait pas être ébranlé par ces prédications, et la haine de peuple à peuple ne se mon-

L. B.

1

tra que trop dans les longues guerres qui ensanglantèrent l'Europe, sous la République et sous le premier Empire.

Cette fraternité universelle que rêvait le baron allemand devait rencontrer plus tard d'autres adeptes.

Lorsque la haine du nom français eut sa première explosion au-delà du Rhin, dans les vers enflammés de Becker, un grand poëte répondit à ces colères par un chant demeuré célèbre :

> Et pourquoi nous haïr et mettre entre les races
> Ces bornes et ces eaux qu'abhorre l'œil de Dieu?
> De frontières au ciel voyons-nous quelques traces?
> Sa voûte a-t-elle un mur, une borne, un milieu?
> Nations! mot pompeux pour dire barbarie!
> L'amour s'arrête-t-il où s'arrêtent vos pas?
> Déchirez ces drapeaux; une autre voix vous crie :
> L'égoïsme, la haine ont seuls une patrie,
> La fraternité n'en a pas (1)!

Ainsi chantait la muse sereine de Lamartine, et ces vers firent vibrer alors chez plusieurs le sentiment qui l'animait lui-même. Sept ans après, quand vint la deuxième République, un hymne populaire répétait par les mille voix de la foule que les peuples étrangers sont des frères pour les Français. Une guerre sans pitié nous a montré ce que valait le rêve de la fraternité universelle; et pourtant, au lendemain de nos désastres, quand les plaies de la patrie saignent encore, l'idée de Clootz et de Lamartine vient reparaître tout d'un coup parmi nous, transformée et inattendue.

---

(1) Lamartine, *La Marseillaise de la Paix.*

( 3 )

Devant cette nouvelle affirmation d'un sentiment que de
terribles leçons semblent autoriser à regarder comme une
aspiration prématurée, sinon comme une pure utopie, il ne
sera pas sans quelque intérêt d'en examiner l'histoire, les
manifestations intermittentes et diverses, de chercher dans
l'étude du passé quelles peuvent être, pour l'idée cosmopo-
lite, les chances cachées de l'avenir.


I.


Je la vois naître chez les Grecs, dès le V$^e$ siècle avant
notre ère.

Au dire de Cicéron (1), de Plutarque (2), d'Arrien (3),
Socrate se serait déclaré citoyen du monde. Démocrite (4),
Diogène (5), Théodore (6), Cratès (7), enseignaient de même
que l'univers est la patrie de l'homme.

En même temps, et sous une autre forme, un mot dont
l'auteur est demeuré inconnu reproduisait, et, si l'on peut le
dire, matérialisait la même pensée : « La vraie patrie, » disait-
on », est le lieu où nous trouvons le bien-être (8). »

---

(1) *Tuscul.*, V, 35.

(2) *De Exil.*, c. 5. Éd. Reiske, t. VIII, p. 600.

(3) *Epict. Dissert.*, I, 9.

(4) Stobæus, *Florileg.*, IV, 7.

(5) Diogen. Laert., *Diogen.* Éd. Ménage, VI, 63.

(6) Diogen. Laert., *Aristipp.*, II, 99.

(7) Diogen. Laert., *Hipparch.*, VI, 98.

(8) Euripid. apud Stob., *Florileg.* Éd. Gaisford, t. II, p. 78; Aristoph., *Plut.*,
vers 1151; Cic., *Tusc.*, V, 35.

Telle fut la vaine semence jetée, au V$^e$ siècle, sur une terre où le patriotisme avait enfanté tant de prodiges.

Lorsque saint Paul expliqua aux Athéniens assemblés dans l'Aréopage le mystère de la résurrection, l'étonnement fut grand sans doute, car la doctrine était nouvelle (1); mais le dogme qu'annonçait l'apôtre des gentils répondait à un instinct secret des âmes, à l'espoir d'une vie meilleure. L'idée chrétienne grandit, fructifia, et nous pouvons en suivre de siècle en siècle la rapide diffusion.

Il n'en fut pas ainsi de la pensée jetée dans le monde aux temps antiques. Depuis l'âge où elle vit le jour, bien des années s'écoulent sans qu'elle reparaisse, et la rareté même des mentions postérieures à sa première apparition semble montrer qu'elle n'y survécut guère que comme une curiosité philosophique. Je ne la retrouve, pour ma part, qu'au premier siècle avant notre ère, et dans une pièce de l'Anthologie grecque où un Syrien proclame, à l'exemple des vieux philosophes, que l'univers est notre patrie commune (2). Puis le silence se fait encore, et c'est seulement après un bien long intervalle qu'Épictète (3) et Plutarque (4) le répètent à leur tour.

Tels sont les derniers païens grecs chez qui je trouve un écho de la doctrine attribuée à Socrate.

Si, d'après ce que mes recherches m'ont permis de voir et de constater, le sentiment qui nous occupe va s'oubliant, au

---

(1) *Acta Apost.*, XVII.
(2) *Sepulchralia*, n° 417.
(3) Arrian., *Epict. Dissert.*, I, 9, 1.
(4) *De Exilio*, c. 5, t. VIII, p. 600.

lieu de se répandre, je ne saurais m'en étonner, car l'examen des textes antiques montre nettement à quel degré l'opinion commune réagit contre l'idée philosophique.

Alors que celle-ci fut émise, les lois ajoutaient aux peines édictées contre les traîtres et les sacriléges, l'interdiction d'être ensevelis dans leur patrie.

Dès le VII<sup>e</sup> siècle, les restes d'un roi d'Arcadie, supplicié comme traître aux alliés de son peuple, avaient été jetés hors de la frontière (1). Nul n'échappait à ce châtiment suprême, et ceux-là même qu'on reconnaissait coupables après leur mort pouvaient être exhumés et rejetés du sol natal.

Ainsi avait-on fait à Athènes pour les ossements des impies qui, au mépris du droit d'asile, avaient égorgé devant les autels les malheureux partisans de Cylon (2).

Le plaidoyer de Lycurgue contre Léocrate fournit encore une preuve importante de l'application de la loi : « Phrynicus, » rapporte l'orateur, « avait été tué la nuit, au-« près de la fontaine des Saules, par Apollodore et Thra-« sybule; ses amis, arrêtant les assassins, les avaient jetés « en prison. Le peuple, instruit de ce qui s'était passé, les « en tira, employa la torture, et, examinant soigneusement « l'affaire, il découvrit que Phrynicus trahissait la patrie et « que ses meurtriers étaient injustement détenus. Sur le rap-« port de Critias, on rendit un décret ordonnant que le mort « serait accusé de trahison, et que, si le fait était prouvé, « le corps serait exhumé et jeté hors de l'Attique, afin que

---

(1) Pausan., IV, 22. Cf. Plut., *De sera num. vindicta*, t. VIII, p. 168, 169.

(2) Thucyd., I, 126; Plut., *De sera num. vindicta*, t. VIII, p. 169; Pausan. VII, 25.

( 6 )

« le sol de la patrie ne recouvrît pas même les restes d'un
« misérable, traître à son pays et à sa ville. On décida éga-
« lement que celui qui défendrait le mort, après qu'il aurait
« été condamné, serait frappé de la même peine. Greffier,
« dit l'orateur, prends le décret et donnes-en lecture. » Puis il
ajoute : « Juges, vous venez d'entendre ; les ossements d'un
« traître ont été exhumés et rejetés hors de l'Attique. Aris-
« tarque et Alexiclès ont été mis à mort pour l'avoir dé-
« fendu, et l'on n'a pas permis que leurs restes fussent en-
« sevelis dans le pays (1). »

Certes des « citoyens du monde », comme parlaient alors
les sophistes, se fussent peu émus de savoir en quel lieu
reposeraient leurs cendres, et, si le sentiment émis par l'é-
cole philosophique eût dominé le prétendu préjugé de l'attachement à la patrie, la loi serait devenue sans force et
s'en fût trouvée comme abolie.

Il n'en est point ainsi ; au Ve siècle, le cadavre du roi Pau-
sanias est jeté hors du territoire de Sparte (2) ; les restes de
Thémistocle ne peuvent être rapportés dans l'Attique (3). La
même interdiction atteint des exilés, Antiphon, Archépto-
lémus, qui ne seront ensevelis, prononce le démarque, ni
dans l'Attique, ni dans aucun des pays qui lui appartien-
nent (4).

Le procès des généraux vainqueurs au célèbre combat des
Arginuses atteste encore le maintien de la même règle.

-----

(1) *Orat. contra Leocrat.*, § 111.
(2) Ælian., *Var. hist.*, IV, 7.
(3) Thucyd., I, 138 ; Corn. Nepos, *Themistocl.*, in fine.
(4) Plutarch., *Orat. vitæ, Antiphon.*

( 7 )

« Jugez-les, disait le défenseur, jugez-les suivant la loi qui
« punit la trahison et le sacrilége. Elle veut que les traîtres
« à la patrie, que les ravisseurs des choses-saintes soient
« déférés à la justice, et que, si le crime est constant, ils
« soient ensevelis hors du pays (1). »

Cette disposition se retrouve entière au IV<sup>e</sup> siècle. Nous
le voyons en même temps par la condamnation d'Hypé-
ride (2) et par le célèbre discours qu'écrivit ce grand orateur
pour être prononcé par Lycophron : « Permettez, » y dit l'accusé, « permettez que j'appelle quelqu'un de mes parents,
« de mes amis, qui me puisse venir en aide, à moi votre
« concitoyen, sans habitude de la parole et qui ne combats
« pas seulement pour ma vie, ce qui ne saurait inquiéter
« l'homme de cœur, mais pour ne pas être jeté en exil
« et privé de reposer après ma mort dans le sol de la
« patrie (3). »

Quelques années après, l'ingratitude des Athéniens pro-
nonça contre Phocion cette peine redoutable (4) qui s'appli-
quait encore quatre siècles plus tard, comme l'atteste Dion
Chrysostome (5).

Telles sont les principales marques de la persistance d'une
loi rigoureuse à l'excès et qui aurait dû s'effacer et disparaître, si elle n'eût rencontré dans les mœurs, dans le sentiment public, la raison de son maintien et de sa vitalité.

---

(1) Xenoph., *Hellen.*, I, 7.
(2) Plutarch., *Orat. vitæ, Hyperid.*
(3) *Pro Lycophr. defensio*, § 14. (*Orat. Attici*, éd. Didot, t. II, p. 418.)
(4) Plutarch., *Phoc.*, in fine.
(5) *Rhodiaca*, Orat. XXXI, éd. de Paris, p. 336.

Être banni à jamais de la patrie, savoir que l'on mourra loin d'elle et que, même après le trépas, il ne sera pas donné d'y reposer, c'était là en effet une pensée que l'on ne pouvait envisager froidement. En vain quelques-uns répétaient-ils que la véritable patrie de l'homme est le lieu qui le nourrit (1), que partout s'ouvre également la sombre voie qui conduit aux enfers (2), l'opinion réagissait contre un pareil enseignement. Les décrets, les monuments publics (3), les traditions de l'histoire et de la mythologie, tout le passé rappelait aux Grecs et les devoirs envers le sol natal, et la douleur de ceux qui ne pouvaient espérer y reposer.

Au premier rang des écrivains illustres qui l'exposaient aux yeux de tous, figurent les grands tragiques athéniens.

Sophocle met en scène Électre pleurant le sort d'Oreste, mort sur une terre étrangère (4). En même temps que lui, Euripide peint aux yeux des Grecs les douleurs de Polynice exilé :

« Être privé de sa patrie, » dit Jocaste à son fils, « est-ce un
« grand mal ?

« Très-grand et plus grand même à souffrir qu'on ne
« saurait l'exprimer.

« L'espérance, dit-on, soutient l'exilé.

« Son regard est souriant, mais le mal s'éternise.

« La patrie, je le vois, est chère à tous les cœurs.

« Plus chère que tu ne saurais le dire (5). »

---

(1) Voir ci-dessus, p. 3, note 8.
(2) Diog. Laert., *Anaxag. Arcesil.*, II, 10; V, 31. Cic., *Tuscul.*, I, 43.
(3) Pausan., *Messen.*, 22. Plutarch., *Orat. vitæ, Antiphon.*
(4) *Electr.*, vers 864 et suivants.
(5) Eurip., *Phœnissæ*, vers 387 et suivants.

Ainsi parlent Jocaste et le prince; et, plus tard, quand
Polynice est frappé mortellement, sa dernière pensée le re-
porte vers le sol natal : « O ma mère, ô ma sœur, » dit-il, « en-
« sevelissez-moi dans ma patrie. Apaisez la cité irritée contre
« moi, et qu'au moins je sois recouvert, après ma mort, par
« la terre qui m'a vu naître (1). »

Contre ceux qui répétaient le triste adage : « La vraie patrie
« est le lieu qui nous donne les biens matériels, » l'orateur
Lysias trouvait des accents émus et indignés : « Les hommes
« qui, nés citoyens, voient la patrie dans chaque lieu où l'on
« rencontre le bien-être, la satisfaction des besoins de la vie
« et l'abondance, ceux-là, » disait-il, « seront insouciants
« du bien public et ne songeront qu'à leur propre in-
« térêt. Pour eux, la patrie, c'est leur avoir et non pas leur
« cité (2). »

Voilà pour les Grecs du V<sup>e</sup> siècle, et les âges suivants mon-
trent combien peu d'action avait exercé la doctrine du cosmopolitisme.

Par deux fois, Diogène Laerce rapporte que l'exil fut reproché comme une honte au philosophe de Sinope (3). De
même qu'autrefois Anaxagore (4), le célèbre cynique répond
par un trait de sophiste ; mais je doute que l'ingénieuse
réplique de ce « citoyen du monde » ait pu faire admettre
que la condamnation, le malheur et le deuil fussent pour

---

(1) Vers 1147 et suivants. Voir encore l'Anthologie grecque, *Sepulchralia*,
n° 259.
(2) *Advers. Philon. (Orat. Attici*, éd. Reiske, t. V, p. 872.)
(3) Diogen. Laert., *Diogen.*, VI, 49.
(4) Diogen. Laert., *Anaxag.*, II, 10.

L. B.                                                        2

ceux-là mêmes qui demeuraient au sein de leur cité natale.
La vérité n'est pas dans une semblabe argutie et je la re-
connais moins dans les consolations imaginées par les philosophes, que dans les plaintes de ceux qu'ils trouvent pleurant
le malheur de mourir à l'étranger (1).

« Je repose bien loin de la terre d'Italie, » écrivait-on plus
tard sur une tombe, » je repose loin de ma patrie, et cela
« est, pour moi, encore plus amer que la mort (2). » De
longues années se passent, et le poëte Diodore rappelle la
triste fin de Thémistocle « enseveli, dit-il, dans une terre
« étrangère, sous une pierre qui n'est pas athénienne (3). »

Deux fois encore, après l'ère chrétienne, Plutarque cons-
tate que l'exil est regardé et reproché comme un opprobre.
C'est, à ses yeux, un préjugé qu'il repousse comme indigne
du sage (4) ; mais, si grand que puisse être l'effort de ce clair
et charmant esprit, avec quelque soin qu'il s'appuie de
l'opinion des anciens philosophes, le cœur de l'homme
gardera le noble don que lui a fait le Créateur et la patrie
lui demeurera éternellement chère et sacrée.

Un traité attribué à Lucien qui, d'ailleurs, raillait, comme
on le sait, le cosmopolitisme de Diogène (5), résume en quelques lignes les protestations des Grecs contre cette froide
doctrine. « Les jeunes gens aiment leur pays, mais les vieil-
« lards, dont l'esprit est plus mûr, ressentent cette affec-

---

(1) Diogen. Laert., *Anaxag.*, II, 8.
(2) *Anthol. græca. Sepulchralia*, n° 715.
(3) *Anthol. græca. Sepulchralia*, n° 74.
(4) *De Exilio*, t. VIII, p. 366 et 394.
(5) *Vitarum auctio*, § 8 et 9.

« tion plus vivement encore. Chacun d'eux souhaite et
« s'efforce de venir mourir dans sa patrie ; il aspire à confier
« ses restes au sol qui l'a nourri, à reposer dans le sépulcre
« de ses pères. C'est en effet un immense malheur que
« d'expirer et de laisser ses ossements sur une terre lointaine.
« Chacun s'empresse de retourner dans ses foyers, comme
« Ulysse, l'insulaire, qui dédaigne une vie de plaisirs et
« refuse même l'immortalité pour être enseveli dans cette
« chère Ithaque dont la fumée lui semble plus brillante que
« le feu qui luit chez l'étranger (1). »


## II.


Ce ne sera pas, pour ainsi dire, entièrement quitter la
Grèce que d'examiner au même point de vue, le sentiment
d'un Israélite d'Alexandrie.

Philon recommande au sage de répondre à qui le mena-
cera de l'exil : « L'univers est ma patrie (2). »

C'est le philosophe hellénisant qui parle ici, et non pas
le Juif ; chez ses frères en religion, comme chez les Grecs,
le sentiment public repoussait la doctrine du cosmopolitisme.

La tradition même en faisait une loi. Jacob et Joseph
n'avaient-ils pas ordonné que leurs ossements fussent rapportés d'Égypte dans le pays de Chanaan (3) ?

------

(1) *Patriæ encomium*, § 8, 9, 11, 12.
(2) *Liber quisquis virtuti studet*. Éd. Mangey, t. II, p. 468.
(3) *Genes.*, XLVII, 29, 30 ; L, 24.

Près de deux siècles avant le Christ, un prêtre indigne, Jason, mourut à l'étranger. « Ce fut là, dit le livre des « Machabées, une juste punition de l'homme qui, lui-même, « avait exilé tant de malheureux (1). »

Aux yeux des Juifs, ainsi que pour les Grecs, c'était donc un suprême malheur que d'être enseveli hors de la terre natale. Nous en retrouvons plus tard une autre preuve. Quand Titus assiégea Jérusalem, un généreux désespoir mit les armes aux mains de tous. Hommes et femmes montrèrent, dans la défense, un même acharnement ; il s'agissait de périr ou de garder le sol paternel. « S'il leur fallait devoir « l'abandonner, écrit Tacite, la vie devenait pour eux plus « insupportable que la mort (2). »


## III.


Cependant que disparaissait la Grèce, une autre nation a grandi. Avec les arts, les sciences des vaincus, leur philosophie a pénétré chez la race victorieuse, et la vieille doctrine du cosmopolitisme tentera quelques pas sur la terre romaine.

Cicéron est le premier Latin qui répète et approuve le mot attribué à Socrate, ainsi que le fameux adage : *Patria est ubicumque est bene.* L'exil, dit-il en commentant les paroles des philosophes grecs, l'exil n'est rien pour le sage qui ne

---

(1) II *Machab.*, V, 9.

(2) *Hist.*, V, 13. Voir encore, pour ne rien négliger, un passage du livre attribué à Hégésippe, *De bello judaico et urbis Hieros. excidio*, l. IV, c. 12. (*Bibl. vet. Patrum. Lugd.*, t. V, p. 1177.)

peut être frappé qu'injustement ; et d'ailleurs, quel cas faire d'une ville d'où l'on chasse les honnêtes gens ? Ceux-là ne sauraient être exilés, car il n'est point de lieu où la vertu n'ait place (1).

Le même mépris pour l'exil reparaît dans ces vers des Fastes où le poëte nous montre Carmenta s'efforçant de consoler son fils banni de l'Arcadie :

> Omne solum forti patria est, ut piscibus æquor,
> Ut volucri vacuo quidquid in orbe patet (2).

Mais ici l'influence des Grecs est peut-être marquée mieux encore, car ces vers élégants ne sont rien autre chose qu'une imitation du distique d'Euripide : « Le ciel dans toute son « étendue s'ouvre devant l'oiseau de Jupiter ; de même la « terre tout entière est la patrie de l'homme de cœur (3). »

C'est aussi sous la même influence que parle Sénèque, élevé par un maître de l'école d'Alexandrie (4).

Dans sa *Consolatio ad Helviam*, le philosophe, banni de Rome, réunit et rapporte tous les arguments imaginés par les Grecs, depuis les plus anciens jusqu'à Plutarque, pour enseigner le mépris de l'exil. Ce n'est, dit-il, qu'un de ces changements de lieu qu'acceptent si facilement les hommes (5); il suffit aux bannis d'emporter avec eux leurs vertus (6) ; ce n'est point un malheur que d'être privé de sa

---

(1) *Tuscul.*, V, 37 ; *Pro Milone*, 37.
(2) Ovid., *Fast.*, I, 303.
(3) Stob., *Serm.*, 38. Éd. Gaisford, t. II, p. 88.
(4) *Epist.* XLIX.
(5) C. VI.
(6) C. VIII.

patrie ; le sage la retrouve partout (1). Puis, pour répondre
à l'objection qui reparaissait sur toutes les lèvres, Sénèque
ajoute que la honte ne s'attache pas toujours à l'exilé (2).

Je n'aurai point à faire de longs efforts pour montrer
combien peu l'opinion acceptait ces spécieuses rêveries.

Les trois hommes que je viens de citer, Cicéron, Ovide
et Sénèque, seront les premiers à m'en fournir les preuves.

En vain, dans la *Consolatio ad Helviam*, l'orgueil du
stoïcien se raidit contre une affliction trop réelle. La tradition d'école qui le soutient d'abord s'évanouira devant la
prolongation du mal. A celui-là même qui fut l'honneur de
Rome par ses nobles écrits comme par sa mort, l'exil arra-
chera des cris de faiblesse et de douleur. Sénèque ne trou-
vera, pour en exprimer les angoisses, d'autres expressions
que celles des légendes funéraires. « Le bannissement, » dit-
il, » c'est le tombeau. O terre de Corse, sois douce aux
« exilés ensevelis dans ton sein ; sois légère aux cendres
« de ces malheureux descendus vivants dans le sépulcre (3).
« Le coin où je suis enterré, » dit-il ailleurs, « a vu souvent la
« clémence impériale venir exhumer et rendre à la lumière
« du jour des infortunés sur lesquels s'accumulaient des
« années de misère (4). » Aussi baise-t-il les pieds de Claude
qu'il supplie. Pour consoler de la perte d'un fils l'homme
puissant dont il implore l'appui, il veut, dit-il, verser avec
lui ce que l'exil lui a laissé de larmes (5).

---

(1) C. IX.
(2) C. XIII.
(3) *Epigrammata*, I. Cf. Philon, *In Flaccum*, § 19.
(4) *Consol. ad Polyb.*, c. 32.
(5) *Consol. ad Polyb.*, c. 21.

Que le cœur d'Ovide n'ait pas parlé, dans les vers où il reproduit le distique d'Euripide, je n'en veux d'autres preuves que ses écrits mêmes : la page immortelle des Tristes où le poëte peint le déchirement de son départ pour l'exil (1); le passage des Pontiques où il s'écrie : « Souvent « j'implore le trépas; souvent aussi je le supplie de m'é- « pargner, afin que la terre des Sarmates ne recouvre pas « mes restes (2). » C'est encore lui qui parle, et bien lui-même, lorsque, racontant la douleur d'Ariane abandonnée, il lui met à la bouche cette plainte : « Mon âme infortunée « s'envolera sous un ciel étranger (3). »

Cicéron, que j'ai nommé d'abord, n'est pas plus fidèle aux doctrines qu'étalent ses traités d'apparat. Sa vraie pensée se montre dans une lettre familière où, sollicitant Marcellus exilé de faire appel à la clémence de César, il lui expose que son éloignement même peut le désigner à la proscription et mettre son existence en péril : « Quant à moi, » lui dit-il, « si la mort me menaçait, j'aimerais mieux l'at- « tendre dans ma patrie, dans ma maison, que sur une terre « lointaine et étrangère. Telle est également la pensée de tous « ceux qui t'aiment (4). »

Les textes se présentent en foule à qui veut connaître la fortune qu'obtint, chez les hommes de race latine, la doctrine du cosmopolitisme.

Nous ne voyons partout que sinistres paroles sur le mal-

---

(1) *Trist.*, I, 3.
(2) I *Pont.*, II, 59.
(3) *Heroid.*, X, 121.
(4) *Epist.*, IV, 7. Voir encore le discours *Pro Milone*, c. 38.

heur d'être exilé, d'être enseveli hors de sa patrie, que vœux
pour échapper à ces cruelles misères. Ici, c'est une plainte
sur le sort de Caton dont Rome n'a pas reçu les cendres (1);
là, une imprécation contre Annibal que les dieux ont
poussé au-delà des Alpes, afin, dit le poëte, qu'un sol ennemi
se refermât sur ses os ; ailleurs, c'est une femme redoutant
d'être ensevelie dans la contrée où elle est retenue captive;
ce sont des soldats tremblant à la pensée de périr sur une
terre lointaine (2). Dans la Thébaïde de Stace, un vieillard
s'écrie : « Puissé-je, un jour, reposer dans le pays de mes
« ancêtres (3)! » Lorsque Sénèque, banni de Rome, s'efforce
de persuader à sa mère Helvia que l'exil n'a pas d'amer-
tume, c'est, dit-il, contre le sentiment commun qu'il invoque
les consolations de la philosophie (4). Chez les païens du
IIIᵉ siècle, ainsi que l'attestent en même temps et les Actes de
saint Pionius et l'histoire de saint Cyprien, vivre ou mourir
hors de son pays est regardé comme un cruel malheur (5).

Une fable que rapporte Macrobe fait voir combien la tradition s'accordait, sur ce point avec l'opinion commune.
« Hercule, » dit-il, « après avoir triomphé de Géryon, et ra-
« menant en vainqueur, à travers l'Italie, les troupeaux
« qu'il lui avait enlevés, jeta dans le Tibre, du haut du pont
« que nous nommons maintenant Sublicius, des figures
« d'homme en nombre égal à celui des compagnons qu'il

---

(1) Burmann, *Anthol.*, t. I, p. 402.
(2) Sil Ital., *Punic.*, II, 573 ; IV, 77 ; X, 545.
(3) III, 212.
(4) *Consol. ad Helviam*, c. 5 in fine.
(5) *Acta S. Pionii*, § 18 (Ruinart, *Acta sincera*, éd. de 1713, p. 149); Pon-
tius, *Vita S. Cypriani*, c. 11.

« avait perdus dans son voyage. Il voulait que le courant
« du fleuve, charriant dans la mer ces simulacres, les rendît
« à la terre paternelle, à défaut des corps de ceux qui n'é-
« taient plus (1). »

Comme les autres textes de l'antiquité païenne, les inscriptions témoignent de l'attachement à la patrie. La men-
tion de la mort à l'étranger s'y trouve fréquemment, en
effet, parmi les plaintes sur le sort de défunts (2); souvent
aussi les marbres des idolâtres mentionnent la translation
de cendres pieusement rapportées sur la terre paternelle (3).
Être ramenés, après la mort, dans le pays qui les avait vus
naître, tel était le commun désir de ceux qu'elle venait sur-
prendre loin de leur foyer. Aussi, lorsque Octave dénonça
au sénat le testament étrange déposé par Antoine aux mains
des Vestales, signala-t-il surtout à l'indignation la volonté
qu'exprimait son rival d'être transporté en Égypte, quand
bien même il viendrait à mourir dans sa patrie (4).

Chez les Romains, ainsi que chez les Grecs, une loi ancienne impose aux bannis, comme une peine suprême, de
n'être point ensevelis dans leur pays (5). Rappelée par le
jurisconsulte Marcien et admise trois siècles plus tard dans le

---

(1) *Saturnal.*, I, 11.

(2) Boldetti, *Osservazioni*, p. 441; Bertoli, *Le Antichità d'Aquileja*, p. 198;
Henry, *Recherches sur les antiquités des Basses Alpes*, p. 33; Lersch, *Central
Museum*, II, p. 41; Canat, *Inscriptions antiques de Châlon-sur-Saône*, p. 31.

(3) Gruter, 578, 1; Passionei, *Iscriz. ant.*, p. 71, n° 51; Neigebaur, *Dacien*,
p. 171; Comarmond, *Musée lapid. de Lyon*, p. 355; Léon Renier, *Inscr. de
l'Alg.*, n° 1169.

(4) Plutarch., *Marc. Anton.*, § 58; Cf. Dio Cass., L, c. 3 et 4.

(5) Cic., *Pro Milone*, 38.

L. B.                                                          3

Digeste (1), cette disposition prouve, par sa reproduction
même, que le cours des temps n'avait rien fait gagner dans
lesesprits à la doctrine du cosmopolitisme.

Ainsi devait se montrer l'inanité de cet orgueil philosophique qui avait fait dire à Sénèque, niant les douleurs d'un
exil qui devait le désespérer un jour : « Les sages cassent le
« plus souvent les décisions de l'opinion vulgaire (2). »


## IV.


Parmi les anciens philosophes, un seul semble avoir en-
trevu le point par lequel les âmes généreuses pouvaient être
accessibles à la doctrine de l'oubli du sol natal. Au milieu de
ces froides maximes qu'ils se plaisaient à répéter, se dégage
une parole singulière par le temps où elle fut prononcée, et
que l'on dirait inspirée par un instinct de prescience.

A quelqu'un qui lui reprochait d'oublier son pays, de se
désintéresser des affaires publiques, Anaxagore répondit en
montrant le ciel : « Pensez mieux de moi ; j'ai grand souci de
« ma patrie (3). »

Tel me semble être le seul point de contact entre la pensée
de détachement formulée par la philosophie et celle que
devait inspirer le christianisme.

Le début d'une lettre adressée par un païen à saint Augustin fera ressortir, tout d'abord, la profonde dissemblance

---

(1) *Dig.*, l. 2, *De Cadaveribus punitorum*, lib. XLVIII, tit. 13.
(2) *Consol. ad Helviam*, c. V.
(3) Diog. Laert., *Anaxag.*, II, 7.

des deux doctrines. « Je t'ai écouté volontiers, » écrit Nectarius au saint évêque, « lorsque tu nous invitais à honorer, à
« servir le Dieu suprême ; j'ai accueilli avec joie tes paroles,
« quand tu nous persuadais de lever les yeux vers la patrie
« céleste ; car tu ne parlais pas, si je t'ai compris, d'une cité
« enceinte de murs, ni de celle que les dissertations des
« philosophes nous disent être commune à tous, et qui
« comprend tout l'univers. Tu nous désignais celle que le
« grand Dieu habite, et avec lui les âmes des justes, celle où
« toutes les lois aspirent et tendent par des routes, par des
« sentiers divers, celle que les paroles ne sauraient définir,
« mais qu'il pourrait nous être donné d'entrevoir par la
« pensée (1). »

Dès le premier siècle, l'Épître à Diognète avait tracé ce
portrait du fidèle : « Les chrétiens ne se distinguent des
« autres hommes ni par le pays, ni par le langage, ni par les
« mœurs. Ils sont, selon que l'a voulu le sort, répandus dans
« les cités des Grecs comme dans celles des barbares, et sui-
« vant, pour le vêtement, pour les choses de l'existence ma-
« térielle, les usages de leurs compatriotes, ils offrent, à
« nos yeux, le spectacle incroyable et merveilleux de leur
« façon de vivre. Ils habitent leur patrie, mais comme des
« étrangers. Toute région étrangère leur est une patrie, toute
« patrie une région étrangère (2). »

Pour Tertullien qui, plus tard, appuiera sur cette pensée (3), le christianisme, c'est la vérité, étrangère en ce monde,

---

(1) S. August., *Epist.* CIII, § 2 (Augustino Nectarius).
(2) *Epist. ad Diognet.*, c. 5.
(3) *Apolog.*, 38.

et qui voit, dans le ciel, sa patrie, son espérance et sa gloire (1).

Ce ne sont pas là de vaines doctrines, et que l'on puisse oublier, comme le fit Sénèque ; les fidèles les proclament au prix de leur sang. En voyant sainte Sabine amenée, à Smyrne, devant le tribunal, un païen lui crie : « Ne pouvais-tu donc « mourir dans ta patrie? » — « Qu'appelles-tu ma patrie? » réplique la martyre (2). Comme elle, devant le proconsul, les autres saints oublieront leur pays natal, et lorsque, suivant la règle, au début de l'interrogatoire, le magistrat les sollicitera de répondre sur ce point, ils opposeront ou le silence, ou cette seule parole : « Je suis chrétien (3). » « Celui- « là qui répond ainsi, » dit saint Chrysostome, « a tout déclaré « à la fois, patrie, profession, famille ; le fidèle n'appartient à « aucune cité de la terre, mais à la Jérusalem céleste. L'apôtre « l'a dit : notre mère, c'est la libre Jérusalem d'en haut (4). »

Ainsi parlait, en Orient, vers la fin du quatrième siècle, l'illustre évêque d'Antioche. Cent ans après, dans le fond du Norique, un Apôtre du Christ, saint Séverin, faisait entendre les mêmes enseignements.

On cherchait, sans oser le lui demander, dans quel pays était né cet homme, si grand devant Dieu.

Un prêtre italien, Pirménius, se hasarda pourtant un jour à parler, comme au nom de tous. — « Maître vénéré, » lui dit-il, « quelle est la contrée d'où le Seigneur a daigné tirer, « pour l'envoyer à nous, une si grande lumière? — Séverin

---

(1) *Apolog.*, 1.
(2) *Acta S. Pionii*, § 18 (Ruinart, *Acta sincera*, p. 149).
(3) Voir mon *Manuel d'épigraphie chrétienne*, p. 5 à 8.
(4) *Homil. in S. Lucianum*, édit. Montfaucon, t. II, p. 528.

« répondit d'abord avec enjouement : — Si tu me prends
« pour un esclave fugitif, hâte-toi donc de préparer de l'ar-
« gent pour le prix de mon rachat, lorsque l'on viendra me
« réclamer. — Puis il ajouta d'un air grave : — Que sert-il
« au serviteur de Dieu de dire son pays ou sa descendance ?
« Mieux vaut se taire, pour éviter tout mouvement de vain
« orgueil. Puissé-je, quant à moi, m'y soustraire, en faisant
« le bien avec l'aide du Christ, afin de mériter de m'asseoir
« à sa droite et d'être inscrit au nombre des citoyens de la
« patrie d'en haut (1)! »

L'une des pages les plus touchantes que nous ait laissées
le saint évêque d'Hippone s'inspire de la même pensée.
C'est le récit des derniers moments de sa mère expirant loin
de son pays.

« Où étais-je ? » dit sainte Monique sortie d'un long éva-
« nouissement. Puis, nous voyant accablés de douleur,
« elle ajouta : — Vous ensevelirez ici votre mère. — Je gar-
« dais le silence et je retenais mes larmes. Mon frère dit alors
« quelques mots comme pour faire comprendre que la mort
« semblerait moins amère dans la patrie que sur un sol étran-
« ger. Elle entendit ; son visage devint sombre, ses yeux pa-
« rurent reprocher à mon frère une pareille pensée ; et,
« s'adressant à moi : — Tu vois ce qu'il dit, reprit-elle ; —
« puis, nous parlant à tous les deux : — Laissez mon corps
« en quelque lieu que ce soit, et ne vous troublez pas ; tout
« ce que je vous demande, c'est de vous souvenir de moi, à
« l'autel du Seigneur, partout où vous vous trouverez. —

______________

(1) *Vita S. Severini Noricorum apostoli*, auctore Eugyppo (*Epist. auctoris
ad Paschasium diaconum.* Bolland., 8 janv.).

« Quand elle m'avait dit, » poursuit saint Augustin, « le jour de
« l'entretien que nous eûmes près de la fenêtre : — Que
« fais-je maintenant ici-bas? — j'avais déjà compris qu'elle
« ne désirait pas mourir dans sa patrie. J'appris plus tard
« que, dans le temps de notre séjour à Ostie, comme elle s'en-
« tretenait, un jour, avec quelques-uns de mes amis, elle
« leur parlait, avec une confiance maternelle, du mépris de
« l'existence, du bonheur de mourir. Eux, s'étonnant, mon
« Dieu, de voir, dans une femme, cette vertu que vous lui
« aviez donnée, lui demandaient si elle ne craignait pas de
« laisser sa dépouille loin de sa cité natale. Elle répondit : —
« Rien n'est éloigné de Dieu ; je n'ai pas à craindre qu'à la
« fin des siècles, il ne me reconnaisse pas pour me ressusci-
« ter (1). »

A côté de ces actes de foi profonde, de cette pieuse con-
fession de l'inanité des choses humaines, le dévouement au
pays natal vivait, ardent et généreux, chez les fils de l'Église.
Rien de matériel, je le répète, ne se mêlait pour eux au détachement de ce qui est périssable ; nul d'entre eux n'ensei-
gnait l'oubli d'une contrée pour une autre contrée ; nul d'entre eux ne subordonnait, comme nous l'avons vu faire chez
les païens, l'amour de la patrie à la possession des biens
d'ici-bas. Leur renoncement s'inspirait d'un sentiment plus
haut ; partout ils savaient, disaient-ils, retrouver Dieu et se
rapprocher du ciel par la prière (2).

L'attachement au sol paternel pouvait et devait garder sa
place dans des cœurs nourris d'une telle pensée. L'Église le

---

(1) S. August., *Confess.*, IX, 11.
(2) Cf. S. August. *Sermo* 309 *in nat. S. Cypr. mart.*, I, § 2.

rappelait elle-même, car au moment où l'oubli des liens ter-
restres semble avoir fait tant de progrès dans les âmes,
saint Ambroise dit, comme autrefois les plus dévoués enfants
de la Grèce et de Rome : « Le citoyen doit se tenir plus heu-
« reux de conjurer les dangers de la patrie que d'échapper
« lui-même à un péril (1). » Savoir le pays sauvé, dût-on
mourir pour lui, tel est le vœu d'un autre évêque (2).

Les actes répondent à ces paroles.

En même temps qu'elle enseigne à lever les regards vers
la cité d'en haut, l'Église condamne et frappe les lâches qui
abandonnent les aigles romaines (3); quand viennent les
jours de l'invasion, ses ministres s'honorent de rester au
poste du péril dans les villes assiégées (4) ou courent
au premier rang de ceux qui tentent d'arrêter les barbares (5); et, si nous retrouvons alors chez quelques hommes
ce triste affaissement qui avait autrefois saisi les Romains
lorsque Varus et ses légions tombèrent sous les coups des
hordes germaines (6), ce n'est point que les pasteurs des
âmes se soient épargnés pour montrer l'exemple.

Au premier rang, nous voyons les évêques. N'est-ce pas
Sidoine Apollinaire qui, s'éprenant d'une piété filiale pour
la ville des Arvernes dont il était le pasteur, jetait le cri d'a-
larme, lorque les Goths menaçaient ses remparts ? N'appelait-

---

(1) *De Offic. ministr.*, III, 3, 23.
(2) Synesius, *Epistola* 107.
(3) *Concil. Arelatense*, I, n° 314, c. 3. Voir, sur ce texte, mon *Manuel d'épigraphie chrétienne*, p. 15.
(4) S. August., *Epist.* 228, § 8 (Honorato).
(5) Synesius, *Epist.* 88, 107, 108, 113, 122, 125.
(6) Dio. Cass., *Cæsar August.*, VI, 23.

il pas de toutes les forces de son âme, de son patriotisme, le retour du noble Ecdicius qui, nous dit-il, brisa et traversa, avec une poignée de cavaliers, les masses profondes des barbares qui avaient investi la place? N'est-ce pas lui qui, au lendemain d'un siége vaillamment soutenu, écrivait à un évêque de Marseille ces paroles que, dans notre chère et généreuse cité, nul ne saurait lire sans quelque émotion : « Nous avons bravé le dénûment, la flamme, le « fer, l'épidémie; nous avons versé le sang ennemi, sans ali- « ments pour réparer nos forces. Eh bien, s'il nous fallait « encore, pour sauver notre indépendance, soutenir un « siége, combattre, souffrir de nouveau la famine, nous sau- « rions le faire avec joie. (1) »

Sur la terre d'Afrique, même courage, même exemple pour relever les cœurs. Alors que l'invasion menace la Cyrénaïque et que les soldats tremblants se cachent dans les montagnes, les prêtres soulèvent les paysans et les mènent de l'église au combat. Le diacre Faustus saisit une pierre, tue un barbare, s'empare de ses armes et renverse les ennemis. Synésius, l'évêque, se multiplie; il fait forger des lances, des épées, fabrique des arcs, demande à Séleucie des flèches légères et rapides ; le tronc des oliviers sauvages lui fournit des massues. « Nous n'avons pas de boucliers, » dit-il, « mais nos haches brisent ceux des barbares et la partie « redevient égale. » Il vit sur les remparts, et fait construire, pour les protéger, des machines de guerre. Préparer ainsi la défense ne suffit pas à son courage; il recommande ses en-

______

(1) Sidon. Apoll., l. III, *Epist.* 3 Ecdicio; l. VII, *Ep.* 7, Domino Papæ Græco.

fants à son frère, puis monte à cheval et court à l'ennemi.
« Le sang des Lacédémoniens, » dit-il, « coule dans mes veines,
« et je me souviens du vieux mot de Sparte : Cherche la
« mort dans la mêlée, et la mort te fuira (1). »

## V.

Voilà ce que, chez les anciens, j'ai pu retrouver, jusqu'à
cette heure, sur les attaques dirigées contre l'attachement à
la patrie, sur la persistance de ce saint amour.

Il n'a pas fléchi devant les leçons de ces illustres philosophes dont les doctrines eurent, parmi les païens, un reten-
tissement si vaste. Il n'a pas fléchi, dans les temps de trou-
ble et de défaillance où croula l'édifice de la grandeur
romaine. Dieu n'avait pas voulu permettre que ce sentiment,
l'un des plus nobles qu'il eût placés en nous, pût disparaître
de nos cœurs.

Si l'heure n'en était pas venue, si la ruine du monde
ancien n'a pu entraîner cette autre ruine, si le détachement de la patrie n'a pu alors s'accomplir dans les âmes,
l'épreuve est faite, et ceux-là qui le voudront exalter à leur
tour passeront oubliés et dédaignés comme le sophiste inconnu qui le premier osa penser et dire : « Notre véritable
« patrie est le lieu où nous trouvons le bien-être. »

Avoir su conserver intact, au milieu de tant de révolu-
tions, à travers tant de siècles écoulés, le trésor du patrio-

---

(1) Synesius, *Epist.* 88, 108, 113, 121, 125, 132.

tisme, ce fut l'honneur des anciens, ce sera le nôtre ; nul de notre temps ne voudrait, ne saurait oublier la noble parole de celui qui fut à la fois un homme de bien et un grand philosophe : « L'amour de la patrie mène à la bonté des « mœurs, et la bonté des mœurs mène à l'amour de la pa- « trie (1). »

(1) Montesquieu, *Esprit des lois*, liv. V, c. 2.

Paris. — Typ. de Firmin Didot frères, impr. de l'Institut, rue Jacob, 56.

9 782329 638904